Pubertät Bei Jungen

Der Elternratgeber für maximale Gelassenheit –

Jungen empfindsam erziehen

ohne Schimpfen durch antiautoritäre Erziehung,

Gefühle und Handlungen von Kindern, Teenagern verstehen

Yumi Johannsen

ISBN: 9798627439228

INHALT

Pubertät bei Jungen

—

Der Elternratgeber

für maximale Gelassenheit

Einleitung

Gefürchtet, berüchtigt, verschrien - so hängt die Pubertät wie das Schwert des Damokles bedrohlich über den Köpfen der meisten Eltern. Man hofft und betet, dass es am Ende doch nicht so schlimm wird, wie andere Eltern sagen, man versucht die letzten Monate des liebenden Kindes, der unbeschwerten Kindheit zu genießen, doch irgendwann ist es soweit und die pubertäre Phase hat auch den eigenen geliebten Spross erreicht und verwandelt ihn nun in ein regelrechtes Monster aus einem Horrorfilm.

Die Kluft, die sich in dieser Zeit zwischen Eltern und Kindern auftut scheint manchmal regelrecht unüberwindbar zu sein. Eltern verstehen ihre Kinder nicht mehr und sind chronisch überfordert, die Jugendlichen auf der anderen Seite fühlen sich oft unverstanden und ungerecht behandelt, die gesamte Zeit ein reines aneinander Vorbeileben.

Dabei muss diese Zeit keinesfalls so verlaufen. Anstatt zu resignieren und diese Phase auszusitzen, sollten Eltern sich mit der Pubertät und ihrer Bedeutung genauso auseinandersetzen, wie es die jungen Heranwachsenden zwangsläufig tun müssen. Das Verständnis für die Situation des eigenen Kindes und die konstante seelische und moralische Unterstützung ist meistens schon genug, um diese etwas schwierigere Zeit gemeinsam gut zu überstehen.

Was in der Pubertät passiert

Das Wort Pubertät kommt aus dem Lateinischen vom Wort "pubertas", das so viel wie Geschlechtsreife bedeutet.

Zwischen dem 10.-21. Lebensjahr kann sich diese Zeit der körperlichen und psychischen Veränderung vom Kind zum Erwachsenen erstrecken. Die Entwicklung zur Geschlechtsreife, die prinzipiell die Zeugungsfähigkeit bzw. die Fähigkeit Kinder zu bekommen meint, geht einher mit vielen äußerlichen, aber auch innerlichen Veränderungen. Dazu gehört das generelle Wachstum, die Ausprägung primärer und sekundärer Geschlechtsmerkmale, aber auch Verhaltensveränderungen, da die Pubertät die Phase der Abnabelung der Kinder von den Eltern darstellt.

Bei Jungen setzt die Pubertät meistens später als bei Mädchen ein, wobei das von Fall zu Fall unterschiedlich sein kann. Die Pubertät steht im Zeichen der Veränderung, aber nicht nur für die Kinder, die sich in dieser Zeit zum Erwachsenen entwickeln, sondern auch für die Eltern. Was genau in dieser Zeit passiert, mit welchen Konflikten die Jugendlichen zu kämpfen haben und wie Sie Ihren Kindern besser beistehen und sie verstehen können, erfahren Sie im folgenden Ratgeber.

Die Phasen der Pubertät

Die Pubertät findet etwa zwischen dem 10. und 21. Lebensjahr statt, wobei die Jungen meistens zwischen dem 12.-16. Lebensjahr in die Hauptphase der Pubertät kommen. Die Pubertätszeit lässt sich in 3 Phasen einteilen.

1 - Die vorpubertäre Phase

Gegen Ende der Grundschulzeit setzt für die meisten die Vorpubertät ein, die bis etwa 3 Jahre dauern kann. In dieser ersten Phase kommt es vermehrt zur Produktion vom jeweiligen Sexualhormon, was unter anderem den Haarwuchs begünstigt.

In dieser Zeit kann auch das erste Schamgefühl aufkommen, was dazu führt, dass sich Jungen etwas mehr zurückziehen und beispielsweise die Badezimmertür abschließen. Diese Phase ist geprägt von den ersten körperlichen Veränderungen und ebenso dem ersten Rückzugs- oder Reizverhalten den Eltern gegenüber.

2 - Die hauptpubertäre Phase

Die Hauptphase der pubertären Entwicklung findet meistens zwischen dem 12. und 16. Lebensjahr statt. In dieser Phase verändert sich der Hormonhaushalt stark und stellt sich komplett um. Das geht einher mit einem rasanten Wachstum und einer Beschleunigung der seelischen und körperlichen Entwicklung. In diese Phase fällt häufig die ersten sexuellen Erfahrungen und das erste Verliebtsein.

3 - die spätpubertäre Phase

Ab etwa dem 16. Lebensjahr setzt die Spätpubertät ein. Man könnte sie als die Ruhe nach dem Sturm bezeichnen. Der Hormonhaushalt hat sich eingepegelt, der Körper ist fast voll entwickelt und hat sich an die Umstellung gewöhnt. Das eigene Selbstwertgefühl hat sich gesteigert und die Lebenseinstellung hat sich größtenteils gefestigt. Jetzt handelt es sich um einen jungen Erwachsenen.

Der Unterschied: Pubertät bei Jungen im Vergleich zu der Situation bei den Mädchen

Obwohl Mädchen als auch Jungen die gleichen Phasen durchleben, wird die Pubertät von beiden Geschlechtern oftmals sehr verschiedenen wahrgenommen.

Zu der hormonellen Umstellung kommt die geschlechtsspezifische Rolle hinzu, mit der sich die Jugendlichen mehr oder weniger auseinandersetzen müssen. Identitätskrisen sind dabei keine Seltenheit. Mädchen werden oft als emotionaler empfunden, was allerdings auch eng mit der klassischen Rollenverteilung zu tun haben kann, da Jungen von klein auf eher dazu angehalten werden ihre Emotionen zu kontrollieren und nicht zu starke Gefühle zu zeigen.

Jungen hingegen sind meistens weniger als die Mädchen mit der starken körperlichen Veränderung überfordert. Auch hier gilt es, die Problematik des Kindes zu erkennen und in den persönlichen Krisen unterstützend und nicht abwertend oder ignorierend zu agieren.

Pubertät bei Jungen

Hormone

Auch bei Jungen gibt die Hirnanhangsdrüse den Befehl der vermehrten Hormonproduktion. Das männliche Sexualhormon heißt Testosteron und ist verantwortlich für die Veränderung im männlichen Körper.

Das Testosteron bewirkt im limbischen System, wo Emotionen und Impulse gesteuert werden, vor allem das Wachstum der Amygdala, die ein Teil des Belohnungssystems darstellt. Durch die Hormone wird hier die graue Substanz entgegen der allgemeinen Umbauarbeiten im Hirn eher verstärkt, was zu den typischen vor allem männlichen Verhaltensmuster der Pubertät führt, wie zum Beispiel:

- Stimmungsschwankungen
- Agressionszunahme
- erhöhte Risikobereitschaft

Im Gegensatz zu Mädchen ist die Amygdala bei Jungen durch die vermehrte Testosteronproduktion besonders aktiv, was zu dem typischen “Jungsverhalten” in der Pubertät führt.

Wachstum

Jungen haben ihren Wachstumsschub zwischen dem 12. und 17. Lebensjahr und wachsen in dieser Zeit maximal 10 cm. Normalerweise sind sie um das 18. Lebensjahr bis auf 2,5 cm ausgewachsen.

Generell setzt der Wachstumsschub nach dem Wachsen der Hoden ein. Im Allgemeinen sind Jungen größer und schwerer als Mädchen nachdem sie ausgewachsen sind.

Sexuelle Entwicklung

Vor der Geschlechtsreife beginnt bei den Jungen etwa im Alter von 9 Jahren der Penis zuerst einmal in die Länge und dann in die Breite zu wachsen und danach setzt die Schambehaarung ein.

Mit dem vermehrten Ausstoß von Testosteron wachsen auch die Hoden, in denen die Samenzellen heranreifen. Sind diese dann ausgereift kommt es zum ersten Samenerguss, der männlichen Ejakulation, bei der die Samenzellen durch das Sperma aus dem Körper heraus transportiert werden.

Dieser erste Samenerguss wird Spermarche genannt. Ab diesem Moment ist der Junge zeugungsfähig. Normalerweise findet der erste Samenerguss zwischen 11 und 15 Jahren statt.

Körperliche Veränderungen

Während der Pubertät bilden sich die primären und sekundären Geschlechtsmerkmale aus. Die Behaarung an Beinen und Armen sowie im Schambereich nimmt zu und der Bartwuchs setzt ein.

Oft sind Jungen stark von Hautunreinheiten bis hin zur Akne betroffen, die durch die Entzündung von Rückständen in den Poren heraufgerufen wird.

Außerdem kommen Jungen in der Pubertät in den sogenannten Stimmbruch, der durch das Wachstum der Stimmbänder hervorgerufen wird und nicht ganz regelmäßig verläuft, was vorläufig zu einer Art Piepsstimme führt.

Jungs und die Pubertät

Obwohl eher die weibliche Pubertät als schwieriger und auffälliger gilt, ist das in der Praxis keineswegs der Fall. Auch für die jungen Männer beginnt eine Zeit des körperlichen und seelischen Umbruchs.

Die Entdeckung der eigenen Sexualität spielt bei den Jungen häufiger eine große Rolle. Die Kontrolle über die eigene Sexualität zu haben und diese das erste Mal erfolgreich mit einem Partner auszuleben, ist dabei ein zentraler Punkt.

Unsicherheiten über die eigene Identität und den eigenen Körper werden versucht durch Imponiergehabe, die sich durch Mutproben und unter anderem auch Schlägereien manifestieren, ausgelotet.

Tipps für Eltern

Obwohl Jungen häufig nicht die gleichen Stimmungsschwankungen und Gefühlsausbrüche wie die meisten Mädchen an den Tag legen, bedeutet das nicht, dass sie nicht die gleichen Zweifel, Ängste und Sorgen haben wie die jungen Frauen.

Oftmals drücken sich Jungen anders aus oder ziehen sich eher mit ihren persönlichen Problemen zurück, weil sie das sowohl von zu Hause als auch von ihrem sozialen Umfeld so gelernt haben. Sprüche und Weisheiten wie: "Ein Indianer kennt keinen Schmerz!" oder "Bist du ein Mann oder eine Maus?" vermitteln schon in frühster Kindheit, ein klares Rollenbild, ein richtiger Mann zeigt keine Gefühle, hat keine Angst und ist nicht unsicher.

Wenn Sie Ihren Sohn auf diese Weise erziehen, ist es sehr wahrscheinlich, dass er sich während dieser schwierigen Phase abwendet. Auch hier gilt, sich an die eigene Pubertät zu erinnern, hilft dabei dem Sohn das Verständnis entgegenzubringen, das er braucht. Eine männliche Bezugsperson ist für den Heranwachsenden meistens wichtig, um sich über Dinge wie Bartwuchs und die eigene sexuelle Entwicklung auszutauschen. Auch hier sollten alle Fragen und Zweifel ernst genommen und ausführlich besprochen werden. Bestimmte Themen tot zu schweigen, tabuisiert das entsprechende Feld und kann den Jugendlichen noch mehr verunsichern. Aber auch die weibliche Bezugsperson sollte sich mit der männlichen Pubertät auseinandersetzen.

Für Mütter ist die plötzliche sehr starke sexuelle Aktivität ihrer Söhne oft nur schwer nachzuvollziehen und teilweise sogar erschütternd. Sie sollten sich vor Augen halten, dass männliche und weibliche Sexualität generell und vor allem in diesem Lebensabschnitt grundlegend verschieden ist.

Der Drang nach Selbstbefriedigung und Sexualität ist durch das Sexualhormon Testosteron viel ausgeprägter als bei den Mädchen und sollte nicht verurteilt oder eingeschränkt werden. Lassen Sie Ihrem Sohn genug Privatsphäre und Freiraum und geben Sie ihm nicht das Gefühl etwas Falsches oder moralisch Verwerfliches zu tun. Den Zweifeln und Belangen Ihres Sohnes sollten Sie auch als Mutter offen gegenüber stehen.

Das andere Geschlecht

Während der Pubertät geht es zwar um den eigenen Körper und die eigenen Empfindlichkeiten und Identität, aber eben auch um das jeweils andere Geschlecht und darum seine neu gewonnene Sexualität mit dem Partner oder der Partnerin auszuprobieren. Auch wenn diese Entwicklung vielen Eltern anfänglich ein Dorn im Auge ist, gehört sie zur Pubertät genauso wie der Bartwuchs oder der Stimmbruch.

Die meisten Jugendlichen sind in der Hauptphase der Pubertät das erste Mal richtig verliebt. Dieses neue Gefühl ist unbekannt für sie und kann die Emotionen schon mal ganz schön durcheinanderbringen.

Auszuloten wo die Grenzen sind, wie man mit Enttäuschungen und Eifersucht umgeht, erleben sie in dieser Zeit das erste Mal.

Der erste Kuss

Fast jeder kann sich an den ersten Kuss in seinem Leben erinnern. Für manche war es besonders schön, für andere enttäuschend oder sogar ekelig.

Jungs sind eher nervös, aber egal wie und wo es dann dazu kommt, küssen und knutschen gehört zur Jugend dazu. Dabei werden nicht nur über 30 Muskeln bewegt, sondern auch viele verschiedene Signale über die Nervenbahnen hin und her geschickt.

Das Küssen macht dadurch nicht nur besonders viel Spaß und lässt das erste Kribbeln aufkommen, sondern ist auch gut gegen Stress und für das Immunsystem.

Die erste Liebe

Die erste Liebe vergisst man nie. Schmetterlinge flattern wie verrückt im Bauch umher, unkontrollierbare Gefühle steigen auf einmal auf und das Wichtigste im Leben scheint plötzlich der neue Partner zu sein. Wird aus einer langen Schwärmerei endlich eine Beziehung, können viele ihr Glück kaum fassen und sich kaum etwas Schöneres vorstellen.

In der Pubertät reagieren die Jugendlichen besonders sensibel auf die emotionale Neuentdeckung, dazukommt, dass es sich um das erste Mal handelt und wie alle ersten Male, ist eine neue Erfahrung, ein neues Gefühl oder ein neuer Lebensumstand immer besonders spannend und erfüllend, auch im Erwachsenenalter geht es da niemanden anders.

Tipp für Eltern

Viele Eltern haben scheinbar ihre Erfahrungen mit der ersten Liebe vergessen, wenn es um ihre eigenen Kindern geht.

Besinnen Sie sich auf Ihre erste große Liebe und werden Sie sich bewusst, wie viel Einfluss Sie mit Ihren Ansichten auf Ihr Kind ausüben.

Oft tendieren Eltern mit einer glücklichen Erinnerung an den ersten Freund oder die erste Freundin dazu sich für ihre Tochter oder ihren Sohn zu freuen und regelrecht mitzufiebern, haben sie aber selbst eher eine negative Erfahrung mit der ersten Liebesbeziehung gemacht, reden sie die Beziehung ihrer Kindern meist schlecht oder nehmen sie nicht ernst. Sätze wie "Mal sehen wie lange das hält." verletzt Ihre Kinder und drängt sie in die Defensive.

Sie sind daran interessiert, dass Ihre Kinder Liebe und Sexualität nachhaltig als etwas Positives empfinden, gehen Sie aus diesem Grund sensibel und verständnisvoll mit diesem Thema um und freuen Sie sich mit Ihrem Nachwuchs.

Der erste Liebeskummer

Mit der ersten Liebe kommt irgendwann auch der erste Liebeskummer.

Ebenso wie das neue Hochgefühl des Verliebtseins wird auch das Trauergefühl besonders intensiv wahrgenommen, ohne dass man zunächst weiß, wie man damit umgehen soll.

Mit der herben Enttäuschung und dem Schmerz muss gelernt umzugehen, auch das gehört zum Erwachsenwerden dazu.

Tipp

Der erste Liebeskummer geht oftmals mit dem Verlassenwerden und Enttäuschungen einher. Die Betroffenen fühlen sich gerade in diesem Moment besonders in ihrem Selbstbewusstsein angekratzt und verletzt.

Als Eltern sollten Sie diese Gefühle durchaus ernst nehmen und nicht annehmen, dass sich dieser Schmerz in 2-3 Tagen wieder gelegt hat. Seien Sie als verständnisvoller Gesprächspartner für Ihr Kind da und versetzen Sie sich in seine Lage. Zärtlichkeiten, Zuneigung und Verständnis braucht es in diesem Moment.

Wenn Ihr Kind nicht sprechen möchte, sollte das auch ok sein, tun Sie etwas für Ihre Tochter oder Ihren Sohn, damit er oder sie sich besser fühlt, wie Sie es für einen Freund oder eine Freundin tun würden.

Eine Einladung zu einem gemeinsamen Essen, ein Kinobesuch oder ein Wellnessnachmittag entspannt und verbindet nicht nur, sondern zeigt Ihrem Sprössling auch, dass Sie sich für ihn interessieren und seine Probleme ernst nehmen.

Sexualität

Gerade in einer Liebesbeziehung gehört die Sexualität dazu.

Die Jugendlichen sind neugierig und interessiert an Sex und allem was damit zu tun hat.

Jungen entdecken zuerst ihre eigene Sexualität und sind dann schnell bereit auch Sex mit der Partnerin oder dem Partner zu haben. Trotz Druck und Ängsten sind sie normalerweise schneller bereit eine sexuelle Beziehung einzugehen als es bei den Mädchen der Fall ist.

Tipp

Ihr Kind wird erwachsen, ob Sie wollen oder nicht und zum Erwachsenwerden gehört Sexualität dazu.

Führen Sie bei Bedarf oder nach den ersten Dates ein lockeres und offenes Gespräch mit Ihrem Kind und seien Sie offen für Fragen und Bedenken.

Denken Sie daran, dass Sexualität für Ihr Kind so neu ist wie für Sie es die chinesische Sprache wäre, das eigene Kind auszulachen oder etwas als unwichtig abzutun, ist sicherlich nicht der richtige Weg.

Verhütung

Es gibt viele verschiedene Verhütungsmittel, dennoch ist das beliebteste, sicherste und gängigste immer noch das Kondom. Es ist nicht nur einfach zu beschaffen und relativ kostengünstig, sondern schützt auch vor sexuell übertragbaren Krankheiten und Schwangerschaft.

Ein anderes gängiges Verhütungsmittel im Jugendalter ist die Anti-Baby-Pille, die den jungen Mädchen in Form einer Micro-Pille verschrieben wird. Diese Verhütungsmethode dient allerdings nur der Empfängnisverhütung, nicht der Prävention von sexuell übertragbaren Krankheiten.

Jugendliche sollten angehalten werden in jedem Fall Kondome zu nutzen, um sich ausreichend zu schützen. Die Anti-Baby-Pille sollte nur als zusätzlicher Schutz gesehen werden.

Tipp

Auch hier gilt es den Tatsachen in die Augen zu schauen und die angehende Sexualität Ihres Kindes zu akzeptieren.

Um Jugendschwangerschaften vorzubeugen, sollten Sie Ihrem Kind klar machen, wie wichtig es ist richtig zu verhüten.

Die Pille kann als zusätzliche Sicherheit dienen, Kondome sollten allerdings dennoch benutzt werden. Stehen Sie Ihrem Kind locker und mir Rat und Tat zur Seite.

Tipps für Eltern

Sie sind nicht das Kind

Die beginnende Sexualität und das Interesse an einer anderen Person ist für viele Eltern nicht nur befremdlich, sondern wird auch öfter als Bedrohung wahrgenommen. Nicht zuletzt denkt man seine eigenen ersten Erfahrungen in der eigenen Jugend, die durchaus nicht immer positiv waren, oftmals werden diese dann aus späterer Perspektive kritischer beäugt, als sie eigentlich waren.

Aber damit nicht genug. Die Junge sexuelle Energie wird nicht selten mit dem eigenen Sexualleben oder der Beziehung verglichen, führt zu Frustration und wird deswegen abgelehnt. Um dieser Situation vorzubeugen und es nicht so weit kommen zu lassen, sollten Sie sich über das Folgende klar werden: Sie sind nicht Ihr Sohn oder Ihre Tochter.

Als Erwachsener mit reichlich mehr Erfahrung in diesem Bereich als Ihr Nachwuchs ist dieser Vergleich absolut hinfällig, denn Sie befinden sich in einer ganz anderen Lebensphase als Ihr Kind.

Außerdem erlebt jeder Situationen anders, trifft andere Menschen unter anderen Umständen. Vertrauen Sie auf Ihr Kind und auf Ihre Erziehung und räumen Sie ihm genug Freiraum ein, damit es seine eigenen Erfahrungen machen kann. Auch Eifersucht oder Neid auf die frische Liebe und Vitalität sind absolut unangebracht.

Nehmen Sie nicht alles persönlich

So ein Teenager kann schon mal Launen haben und das ein oder andere sagen, was vielleicht nicht der feinen englischen Art entspricht.

Natürlich sollten Sie sich nicht alles gefallen lassen, aber alles persönlich nehmen und eingeschnappt sein, ist nicht die richtige Reaktion.

Gereizte Reaktionen, Abweisung und die Eltern von den eigenen Angelegenheiten hin und wieder ausschließen, ist nicht nur normal, sondern gehört zur Jugend dazu, um zu lernen mit eignen Problemen allein fertig zu werden. Bringen Sie Verständnis auf und geben Sie Freiräume, es ist sicherlich nicht persönlich gemeint.

Kompromisse schließen

Auch wenn Ihr Kind Ihnen nicht erzählt, dass es eine neue Beziehung hat, kommen die meisten Eltern ganz allein darauf. Denn vor allem während der ersten Liebe rutscht auf einmal alles in den Hintergrund, wie beispielsweise die Schule, Freunde, Familie und Hobbys.

Meistens ist er oder sie auffallend viel unterwegs, telefoniert stundenlang, putzt sich besonders heraus oder kommt mit dem Taschengeld nicht mehr hin, aber auch das ist kein Grund zur Panik. Bieten Sie sich als Gesprächspartner an, stellen Sie aber nicht zu bohrende Fragen.

Wenn Sie sich beispielsweise um Schulnoten Sorgen machen, sprechen Sie das Thema vorwurfslos an und arbeiten Sie einen Kompromiss heraus, der für beide Seiten verständlich ist. Ausgehen ist ok, aber 20 Uhr sollte der Jugendliche wieder zu Hause sein, so könnte beispielsweise ein faire Abmachung aussehen.

Nehmen Sie Ihr Kind ernst

Die Zeit der ersten Liebe und der ersten Erfahrungen ist für Jugendliche besonders wichtig und sehr sensibel. Scherze zu machen, dass der Sohn oder die Tochter jetzt verliebt ist, das Kind vor Fremden bloßzustellen oder die Beziehung nicht ernst zu nehmen oder als Quatsch runterzuspielen, verletzt Ihr Kind nachhaltig und führt dazu, dass Ihr Nachwuchs kein Vertrauen mehr zu Ihnen hat.

Halten Sie sich vor Augen, dass Sie mit einem jungen Erwachsenen sprechen, dessen Probleme, Entscheidungen und Gefühle Sie durchaus ernst nehmen sollten. Lassen Sie ihm oder ihr aus diesem Grund genug Freiraum und stellen Sie nicht ständig bohrende Fragen.

Behandeln Sie ihn oder sie wie einen Erwachsenen, stellen Sie allgemeine Fragen, zeigen Sie ernsthaftes Interesse und vermitteln Sie das Gefühl zu jeder Zeit bei Problemen und Fragen zur Verfügung zu stehen.

Sex vs. Gefühle

Obwohl unsere Gesellschaft nie so offen war wie heute und Informationen zur Aufklärung zuhauf im Internet, in Büchern und und der Schule zu finden sind, steigt die HIV-Rate und das Auftreten von Infektionskrankheiten seit einigen Jahren stetig an.

Außerdem nehmen Jugendschwangerschaften zu. Eine solide Sexualerziehung vonseiten der Eltern ist deswegen enorm wichtig. Aber nicht nur die Aufklärung spielt eine wichtige Rolle, sondern auch die damit verbundenen Gefühle, die häufig außen vor bleiben. Unsere Medienlandschaft ist stark sexualisiert, was Liebe und Sex für viele Jungen Leute entzaubert und sie schon früh abstumpfen lässt.

Der freizugängliche Konsum von Pornografie ist in diesem Alter nicht zuletzt daran schuld, da den jungen Leuten unrealistische Erwartungen von Sex, von Frauen und Männer gemacht werden, die der Realität meistens nicht standhalten.

Da Sie sicherlich möchten, dass Ihr Kind auch in Zukunft ein erfülltes Sex- und Liebesleben hat, sollten Sie unbedingt auch auf die Gefühlsbasis des Kindes eingehen und es mit der Aufklärung nicht überfordern.

Ein 8-Jähriger beispielsweise muss noch nicht wissen, was Analsex ist.

Psychische Veränderungen und Gefühlschaos

Nicht nur körperliche Veränderungen prägen die Pubertät, auch viele innerliche Prozesse gehen in den Jugendlichen vor, die für viele Eltern oftmals nicht nachzuvollziehen sind.

Die Eltern verstehen ihre Kinder auf einmal nicht mehr, fühlen sich vor den Kopf gestoßen und finden keinen Zugang zu ihnen. Streit und Diskussionen über die kleinsten Dinge stehen meist an der Tagesordnung.

Vielen Dinge können Erwachsene kaum noch folgen und sind dann vielleicht noch abwertend oder reserviert, aber Sie sollten sich die Zeit nehmen und die Mühe machen sich in die Situation Ihres Kindes hineinzuversetzen. Denn vieles kommt, vor allem heutzutage, auf die jungen Leute zu.

Zwischen Kindheit und Adoleszenz wird man zwar nicht mehr wie ein Kind behandelt, aber auch nicht ernst genommen wie einen Erwachsenen. Der Prozess des Abnabelns ist längst nicht so einfach und mit neuen Gefühlen umzugehen, überfordert die meisten sehr.

Was es für Veränderungen gibt, welche nicht sichtbar sind

Abnabeln vs. beschützt werden

Man ist nicht groß und auch nicht klein, sondern irgendwas in der Mitte auf das niemand hört. So fühlen sich die meisten Jugendlichen in einer bestimmten Phase der Pubertät. Meinungen, Ansichten und Ziele definieren sich in dieser Zeit neu.

Das erste Mal ist die Zukunft ein ernsthaftes Thema, mit dem sich auseinandergesetzt werden muss. Was will man später machen, wie und wo leben, was ist gut und was nicht. So viele Eindrücke können schnell erschlagend wirken, zudem ist das Abnabeln von den Eltern ein wichtiger Prozess, um die eigene Identität zu finden.

Da ist es schon ganz normal, dass Eltern uncool oder sogar peinlich sind und der Jugendliche sein eigenes Ding machen möchte, im gleichen Zug dennoch immer noch Geborgenheit und Schutz bei den Eltern sucht, wenn das eigene Vorhaben nicht geglückt ist oder wenn es gerade mal nicht so läuft, wie man sich das vorgestellt hat.

Unsicherheiten und Selbstzweifel

Die vielen äußerlichen Veränderungen, das erste Schwärmen für das andere Geschlecht. Man möchte gefallen, herausstechen, wahrgenommen werden, wie das genau geht, muss erst ausgelotet werden. Jugendliche definieren sich viel über ihr Aussehen, was soziale Netzwerke und das mediale Frauen- und Männerbild noch unterstützt.

Es mag Erwachsenen komisch vorkommen, wenn die Tochter einen Heulkrampf bekommt, weil sie ein Pickel im Gesicht hat, aber in ihrer Wahrnehmung fühlt sich das vielleicht genauso schlimm an, wie für einen Erwachsenen ein Versprechen nicht einhalten zu können oder jemanden, der einem nahe steht, zu enttäuschen.

Eltern sollten verstehen, dass die Maßstäbe in der Jugend anders gesetzt werden, als Erwachsene das tun, mit dem Versuch irgendwie eigene Werte zu definieren.

Gefühle, die zu groß sind

Liebe, Kummer, Verlangen, Neugier, Scham, Angst, Unsicherheit, Zweifel. All diese Gefühle sind in der Pubertät neu und schlagen auf einmal auf die Jugendlichen ungebremst ein. Emotionen können starke Reaktionen auslösen, bei Erwachsenen ist das nicht anders.

Ein Todesfall in der Familie oder verlassen zu werden, können auch extreme Gefühle bei Erwachsenen hervorrufen, die ebenso erst lernen müssen mit der Situation umzugehen.

Bei den jungen Männern und Frauen ist das nicht anders. In einer Situation, in der zu viel auf sie einhämmert, verlieren sie schon mal die Fassung und wissen nicht recht wohin. Diese Überreaktionen sollten als solche von den Eltern wahrgenommen und dem Kind unterstützend und verständnisvoll beigestanden werden.

Tipps für Eltern

Lassen Sie zu, dass er oder sie den eigenen Weg finden

Die Abnablung ist keine Entscheidung, die getroffen wird, sondern ein Prozess. Das Kind darf versuchen unabhängig zu sein. Dazu gehört sich auch mal nicht direkt an der Schule absetzen zu lassen oder die Badezimmertür beim Umziehen zuschließen und dennoch in der Lage sein zu dürfen, um Hilfe zu bitten, den Schutz der Eltern zu suchen und Fehler zu machen.

Seien Sie verständnisvoll und nicht nachtragend, machen Sie keine Vorhaltungen, sondern lassen Sie Ihrem Kind den Freiraum den eigenen Weg zu finden.

Coolness durchschauen

Die schnippischen Antworten, das gereizte Auftreten, das Auflaufenlassen vor Klassenkameraden, viele Eltern ärgern sich über das Verhalten ihrer Sprösslinge, dabei steckt unter all dem coolen Auftreten nur Unsicherheit und Selbstzweifel.

Die Jugendlichen begeben sich in eine defensive Haltung, da sie mit vielen Situationen nicht umgehen können oder nicht wissen wie.

Durchschauen Sie dieses Verhalten und diese Momente und reagieren Sie gar nicht auf Provokation oder Herausforderungen. Es sollte ihn ein leichtes sein Ihrem Kind dezent klar zu machen, dass Sie da nicht mitmachen. Oft reicht es auch den Raum oder die Situation zu verlassen.

Das Vorbild

Auch wenn es oft in dieser Zeit nicht so aussieht, Kinder eifern ihren Eltern nach und dem, was ihnen zu Hause vorgelebt wird. Sie brauchen Orientierung und Halt.

Geben Sie Ihrem Kind das Gefühl, dass es sich immer an Sie wenden kann, egal um was es geht und mit ihnen über alles sprechen kann.

Vorhaltungen von vergangenen Streits sind fehl am Platz.

Kinder brauchen Zärtlichkeit

Zahlreiche Studien haben ergeben, dass Kinder auf die körperliche Nähe der Eltern angewiesen sind. Es gibt ihnen Geborgenheit und Sicherheit und stärkt das Selbstwertgefühl.

Bei Jugendlichen ist das nicht anders. Auch wenn der Eindruck entsteht, dass sie in dieser Lebensphase auf körperliche Nähe der Eltern gut verzichten können, ist das keineswegs der Fall. Eine Umarmung kann gegen Stress und Unsicherheiten helfen und Ihrem Kind mehr Selbstvertrauen geben.

Achten Sie darauf Ihrem Kind genug Nähe zu vermitteln, es gibt ihm auch mehr Sicherheit sich Ihnen anzuvertrauen.

Anstatt über eine schlechte Note zu schimpfen oder sich über einen Fehler aufzuregen, ist eine Umarmung mehr wert und nimmt den Druck aus der Situation. Denn die Haut ist unser größtes Sinnesorgan. Eine feste Umarmung führt zur Ausschüttung von Endorphinen, die schmerzlindernd, aufheiternd und beruhigend wirken und außerdem das Stresshormon Kortisol hemmen.

Erstmal eine Umarmung und danach können Sie sich immer noch in Ruhe über das vermeintliche Problem unterhalten.

Wichtige Werte

Respekt

Laut einer Umfrage ist der Respekt im Umgang mit anderen Menschen einer der wichtigsten Werte für die meisten Erwachsenen.

Auch von den Kindern wird selbstverständlich Respekt ihren Eltern gegenüber erwartet. Andersherum vergessen Eltern oftmals ihren Teil zu leisten und ihrem Nachwuchs den nötigen Respekt entgegenzubringen.

Gefühle abzutun, Probleme runterzuspielen oder Ängste und Zweifel nicht ernst zu nehmen, hat leider auch nicht viel mit Respekt zu tun. Eltern sind sich oft nicht darüber bewusst, dass kein Kind mehr vor ihnen steht, sondern ein junger Erwachsener, der dieses Verhalten durchaus als verletzend empfindet.

Vertrauen

Loszulassen und dem eigenen Kind zu vertrauen, damit tun sich viele schwer. Den Übergang zwischen Kindheit und Jugend zu schaffen, fällt oft nicht leicht. Wobei allerdings ein kleineres Kind Aufsicht und klare Richtlinien braucht, um klar kommen zu können und um in Sicherheit zu sein, brauchen Jugendliche Freiheiten, um neue Dinge austesten zu können.

Allerdings dominiert in vielen Familien strikte Kontrolle und Misstrauen und engt damit den Jugendlichen ein. Es ist nicht nur wichtig darauf zu vertrauen, dass das Kind ehrlich zu den Eltern ist, sondern dass es auch verschiedene Situationen richtig einschätzen kann und dementsprechend handelt. Wird einem Jugendlichen diese Entscheidung immer abgenommen, führt das nicht nur zu Frustration, sondern vor allem zur Unselbstständigkeit.

Weitere Werte

Akzeptanz, Toleranz, Offenheit

Wer einen Jugendlichen zu Hause sitzen hat, lebt mit der nächsten Generation unter einem Dach. Das bedeutet, dass sich sicherlich viele Dinge seit der eigenen Jugend verändert haben.

Durch soziale Netzwerke, verschiedene Online-Plattformen und Nachrichtendienste ist der Informationsaustausch so schnell und offen wie nie zuvor.

Neue Trends, Ideen und Storys breiten sich wie ein Fegefeuer aus und was damals Schlaghosen waren sind heute blaue Haare, bunte Nägel oder kurze Klamotten. Die Gesellschaft ist außerdem liberaler geworden, wenn es um Beziehungsfragen, sexuelle Freiheit und Lebensmodelle geht.

Dazu kommt, dass die digitale Welt sich so schnell bewegt, dass viele Eltern schnell Kopfschmerzen bekommen. Aber seien Sie beruhigt Generationskonflikte sind absolut normal. Sie müssen auch nicht jede Mode verstehen oder teilen, an der ihr Kind teilnimmt, es reicht diese zu tolerieren und sie als das zu verstehen, was sie ist, eine Findungsphase zu sich selbst.

Tipps für Eltern

Offen für Neues

Statt die Nase zu rümpfen bei neuen Trends und Hobbys Ihres Kindes und die digitale Welt zu belächeln, sollten Sie besser Interesse an den Hobbys und Freizeitaktivitäten Ihres Kindes zeigen. Das gibt Ihrem Sohn oder Ihrer Tochter nicht nur ein gutes Gefühl, sondern eröffnet Ihnen auch neue Welten, denn auch wenn Erwachsene oft denken, sie wissen schon alles, ist das keineswegs der Fall.

Nutzen Sie den Input, den Sie von Ihren Kindern bekommen können und lernen Sie sogar noch etwas dazu.

Keine Schnüffelei

Vertrauen ist sensibel, aber auf dem Weg zum Erwachsenen fühlen sich Jugendliche besonders ernst genommen, wenn ihnen Vertrauen und damit Wertschätzung entgegengebracht wird. Gehen Sie deswegen nicht von Umständen aus, die noch nicht eingetreten und auch unbegründet sind.

Ihr Vertrauensbudget sollte 100% sein, wenn Ihnen Ihr Kind nicht das Gegenteil gezeigt hat. Vertrauen bedeutet Entscheidungsfreiheit zu geben und den Jugendlichen auch mal machen zu lassen.

Wenn es dann doch mal zu einem kleinen oder größeren Vertrauensmissbrauch kommen sollte, müssen Sie das Gespräch suchen, um die Ursache für diese Situation zu finden und die Regeln neu auszuhandeln.

Lassen Sie die Kinder streiten aber streiten Sie nicht mit ihnen

"Auge um Auge, Zahn um Zahn" so heißt es in einem Sprichwort, doch diese Prämisse macht bei Jugendlichen wenig Sinn.

Ein hitziger Streit und danach nachtragendes Schweigen, das ist sicherlich nicht der richtige Weg. Gehen Sie hitzigen Provokationen aus dem Weg und unterhalten Sie sich mit Ihrem Kind, wenn sich die Gemüter wieder beruhigt haben.

Bei Streit unter Geschwistern sollten Sie sich aber nicht einmischen. Streiten unter Gleichaltrigen ist wichtig für die Persönlichkeitsentwicklung, sie müssen selbst lernen eine Lösung zu finden, der Eingriff von Erwachsenen macht dabei wenig Sinn.

Seien Sie nicht parteiisch, wenn es nicht unbedingt nötig ist, auch Geschwister, die nicht gleich alt sind, müssen lernen ihre Konflikte allein auszutragen.

Werte bleiben bestehen

Auch wenn viele Eltern das Gefühl haben, dass die bestehenden Werte, die in der Erziehung vermittelt wurden, in der Pubertät über Bord geworfen werden, ist das keinesfalls so. Kinder orientieren sich stark an den Werten und Vorgaben der Eltern, auch wenn sie das nie zugeben würden.

Achten Sie einfach darauf, dass Sie Ihre Werte Ihrem Kind auch weiterhin vorleben und sich davon nicht abbringen lassen.

Schule und Motivation

Was sich Verändert

Laut einer Studie des Leibnitz-Instituts für Bildungsforschung und Bildungsinformation sinkt bei allen Jugendlichen in der Pubertät das Erstreben gute schulische Leistungen zu erbringen. Desinteresse und fehlende Motivation sind für diese Lebensphase völlig normal.

Das soziale Gefüge verändert sich und Partnerschaften und Freundschaften rücken zunehmend in den Vordergrund. Auch die Frage nach der Berechtigung des Lernstoffs wird beispielsweise laut.

Jugendliche fragen oft nach dem Warum und kommen mit dem schulischen Zwang nicht zurecht.

Es hängt damit zusammen, dass sie ihren eigenen Standpunkt zu den Dingen versuchen zu finden und prinzipiell deswegen alles und jeden infrage stellen.

Tipps für Eltern

Reduzieren Sie Ihre eigenen Erwartungen

Eltern planen gern die Zukunft des eigenen Kindes jahrelang voraus und erinnern es gern daran, dass es für das Studium gute Noten braucht, um auf diese oder jene Uni gehen zu können und es sonst keinen Job bekommt etc.

Jugendliche sind mit einer soweit gefasten Perspektive allerdings überfordert, da sie eher mit dem Hier und Jetzt beschäftigt sind.

Lassen Sie aus diesem Grund locker und definieren Sie nicht die Ziele für ihr Kind. Es braucht Freiraum, um sich entwickeln zu können und um herauszufinden, was es später einmal machen möchte.

Lassen Sie Grenzen austesten

Wer hat früher nicht einmal geschwänzt?

Der Schule fernzubleiben, ist nicht nur ein Phänomen, das es unter "bestimmten" Schülergruppen gibt, sondern meistens sind alle irgendwann davon betroffen. Es geht um das Austesten von Grenzen und darum zu sehen, was passiert, wenn man dem Unterricht fernbleibt. Das ist völlig normal.

Sie sollten Ihrem Kind klar machen, dass es eigenverantwortlich handelt und mit den Folgen dann selbst klarkommen muss. Sehen Sie davon ab Aufgaben und Probleme Ihrer Kinder zu übernehmen oder zu lösen. Es ist auch völlig in Ordnung, dass Ihr Kind mal eine schlechte Note kassiert, wenn es das Projekt zu spät abgibt oder einen Test verhaut, weil es anstatt zu lernen, lieber Party gemacht hat. Nur so kann es Eigenverantwortung für sein Handeln lernen.

Häufen sich allerdings die Fälle des Schulschwänzens oder der vorgespielten Kopf- oder Bauchschmerzen, sollten Sie die Ursache dafür suchen. Denn auch Stress, Druck und Mobbing sind Themen, mit denen sich Ihr Kind durchaus auseinandersetzen muss und unter Umständen deswegen nicht in die Schule gehen möchte. In diesem Fall sollten Sie unbedingt den Dialog suchen und den Grund dieses Verhaltens finden.

Loben Sie

Sie sollten sich nur auf alles das konzentrieren, was nicht gut funktioniert, sondern auch das anerkennen was gut geht.

Sprechen Sie ein konditionsloses und ernst gemeintes Lob aus, wenn es angebracht ist. Sätze wie: "Das hast du richtig gut gemacht, aber in Mathe könntest du dich auch ein bisschen mehr anstrengen." sollten Sie vermeiden.

Motivieren Sie Ihr Kind mit alternativen Lernoptionen

Viele Schüler kommen mit dem klassischen Schulkonzept des Frontalunterrichts nicht mehr klar.

Langeweile und Desinteresse erfüllen häufig den Klassenraum, wenn der Lehrer gerade mal wieder stundenlang über etwas erzählt, was die Schüler so gar nicht motiviert. Das ist keine neue Entwicklung, sondern eine Erfahrung, die alle während ihrer Schulzeit irgendwann mal gemacht haben.

Motivieren Sie Ihr Kind deswegen mit alternativen Quellen zum Lernen. Youtube-Videos, Podcasts, Dokus oder Workshops sind nur einige Beispiele, um Lerninhalte besser zu vermitteln und Ihre Kinder für etwas zu begeistern.

Schauen Sie sich unter Umständen gemeinsam Videos an und suchen Sie dann den Dialog über das eine oder andere interessante Thema.

Neue Medien und die digitale Welt

Was sich getan hat im Laufe der Zeit

PC, Tablet oder Smartphone - diese junge Generation wächst in einer digitalen Welt auf, die die Elterngeneration aus ihrer eigenen Kindheit nicht kennt.

Alles hat sich verändert. Computer sind schon lang nicht mehr aus unserem Leben und auch aus dem Schulalltag wegzudenken. Was früher handschriftlich erledigt wurde, wird heute schnell am Computer abgetippt.

Für viele wirkt das sicherlich befremdlich, aber dieser Trend ist kaum aufzuhalten und es gibt ebenso wenig Alternativen dazu. Denn wenn Sie Ihr Kind versuchen von der digitalen Welt fernzuhalten, machen Sie es für später konkurrenzunfähig. Arbeitgeber, Universitäten und generell das gesellschaftliche Leben setzen dieses Know-how kompromisslos voraus.

Chancen

Auch wenn viele Eltern der digitalen Entwicklung in dem schulischen Umfeld kritisch und skeptisch gegenüberstehen, sollten sie auch sehen, welche unglaublichen Vorteile die neuen Medien haben. Denn die Informationsvielfalt ist schier unbegrenzt.

Zu jedem Thema finden sich Beiträge, Videos oder Foren, man kann sich in Echtzeit auf der ganzen Welt austauschen. Lernvideos, Youtube-Kanäle und Online-Plattformen vermitteln Lerninhalte oftmals innovativer und interessanter, als das in der Schule möglich ist.

Die internationale Sprache ist Englisch auf die Schüler automatisch zurückgreifen müssen, wenn sie sich mit anderen austauschen möchten. Das ist auch bei den verschrieenen Videospielen der Fall, bei denen Jugendliche und Kinder von den verschiedensten Ländern zusammenspielen und auch miteinander kommunizieren müssen.

Außerdem gibt es auch viele Lernspiele, bei denen Kinder spielerisch die verschiedensten Fächer verbessern können und dafür Punkte bekommen, mit denen sie neue Level freischalten können. Dieser Trend heißt Gamification und ist gerade im schulischen Umfeld sehr beliebt.

Risiken

Gerade wenn es um Fotos und soziale Netzwerke geht, lauern ernstzunehmende Gefahren.

Gepostete Fotos können sich sehr nachteilig für den Jugendlichen auswirken. In der Schule kommt es dadurch oft zu Mobbingfällen, auch in der Freizeit kann das zu einem ernsthaften Problem werden.

Außerdem gaukeln soziale Netzwerke oftmals ein verschobenes Bild von Frauen, Männern, und dem damit verbunden Schönheitsideal oder Lebensstil vor. Viele Jugendliche eifern diesen Personen nach, was durchaus negative Auswirkungen auf die jungen Leute haben kann.

Dazu kommt, dass auch viele unbekannte Zugriff zu diesen Fotos haben können und das einmal gepostete Fotos oder Videos nur schwer wieder aus dem Netz zu löschen sind.

Auch Apps bei denen Verabredungen stattfinden, bergen ernstzunehmende Risiken. Denn das Treffen mit Unbekannten, um einem gemeinsamen Hobby nachzugehen oder um sich zu verabreden, kann ein großes Sicherheitsrisiko sein.

Außerdem verbringen Jugendliche zunehmend Zeit vor dem Bildschirm und verlieren so nicht nur unglaublich viel Zeit, sondern werden regelrecht süchtig nach der ständigen Vernetzung. Haltungsschäden und Schlafstörungen aber auch zunehmende soziale Inkompetenz im "echten" Leben sind keine Seltenheit.

Tipps für Eltern

Weder konservativ noch Gruppenzwang

Vor der neuen digitalen Welt können Sie sich nicht verschließen und auch Ihr Kind nicht fern halten, da sich dies durchaus nachteilig für das Kind auswirken kann.

Allerdings geht es auch nicht darum dem Gruppenzwang der Klassenkameraden Folge zu leisten. Das Durchschnittsalter für ein Smartphone liegt momentan bei 12 Jahren.

Wenn Sie denken, dass Ihr Kind Eigenverantwortung übernehmen kann, ist der richtige Zeitpunkt für ein Smartphone gekommen. Dieses Privileg sollten Sie auch an einige Regeln und Pflichten koppeln und bei Nichteinhaltung auf die Konsequenzen hinweisen.

Regeln und Kompromisse

Die neue Freiheit ein eigenes Smartphone, Tablet oder einen Computer zu haben, sollten von vornherein mit einigen Regeln einhergehen. Dabei sollten Sie in jedem Fall festlegen, wie viele Stunden das Handy oder Tablet benutzt werden darf und wenn es absolut tabu ist, wie beispielsweise bei gemeinsamen Essen oder Familienabenden.

So sollte der Gebrauch in der Schule und am Wochenende festgelegt werden und unter welchen Umständen das Telefon nicht mehr benutzt werden darf, zum Beispiel wenn die Schule darunter leidet.

Genauso dürfen die Regeln in bestimmten Situationen gelockert werden, wenn das Kind beispielsweise eine besonders gute Leistung erbracht hat oder zu Ferienzeiten.

Aufklärung

Das Internet birgt verschiedene Gefahren, über die sich oftmals weder Jugendliche noch Eltern bewusst sind. Klären Sie Ihr Kind darüber auf, dass es sehr vorsichtig mit dem Hochladen von persönlichen Fotos und Videos sein sollte und dass es absolut tabu ist, Fotos von Dritten ohne deren Zustimmung ins Netz zu stellen.

Außerdem sollte darauf geachtet werden, dass keine Wohnadresse oder Fotos des Wohnorts öffentlich gepostet werden. Geht es darum andere Leute zu treffen, um gemeinsame Unternehmungen zu machen, sollten die Jugendlichen vorher mit ihm oder ihr beispielsweise per Videochat telefoniert haben, um sich zu vergewissern, dass es sich dabei tatsächlich um ein gleichaltriges Kind handelt.

Außerdem sollten Sie Ihr Kind darauf hinweisen, dass es bei Verabredungen mit Leuten aus dem Netz immer öffentliche Treffpunkte heraussuchen sollte und die Eltern unbedingt informieren muss, wo es ist und mit wem, wenigstens beim ersten Treffen.

Machen Sie Ihrem Kind bewusst, wie gefährlich es sein kann sich mit einem Unbekannten aus dem Internet zu treffen, ohne ihn jemals per Video oder Foto gesehen zu haben.

Keine Kontrolle aber Neugier

Die vielen Apps, soziale Netzwerke und Meet-Up-Gruppen lösen bei vielen Eltern Panik aus.

Sie fragen sich, was ihr Kind da so macht, was es schreibt und mit wem. Aber Achtung! Ihr Kind hat auch hier ein Recht auf Privatsphäre. Das Handy oder das Tablet zu nehmen und private Nachrichten zu lesen, sollte absolut tabu sein, wenn kein schwerwiegender Verdacht vorliegt, dass etwas nicht in Ordnung ist.

Und selbst dann, sollten Sie Ihr Kind um das Handy bitten und vor ihm hineinschauen. Jugendliche sind neugierig und suchen allerhand Dinge im Internet oder schreiben mit dem einen oder anderen Mädchen Dinge, die nicht für die Augen der Eltern bestimmt ist.

Viele Eltern legen sich Facebook- oder Instagramprofile an, um zu sehen, was ihr Sprössling treibt, das mag in jüngeren Jahren Sinn machen, mit zunehmenden Alter wissen die Jugendlichen allerdings auch, dass sie bestimmte Inhalte für bestimmte "Freunde" auch unsichtbar machen können, die Kontrolle ist dann also begrenzt. Außerdem können Sie sich kaum in allen Plattformen anmelden, auf denen sich Ihre Kinder anmelden, lassen Sie anstatt etwas locker und geben Sie Ihrem Kind den nötigen Freiraum.

Anstatt zu kontrollieren, fragen Sie doch einfach mal nach, was er oder sie den ganzen Tag so am Telefon macht und lassen Sie sich neue Apps und Spiele erklären, ohne zu übergriffig zu werden.

Neue Erfahrungen und Suchtmittel

Eine große Sorge vieler Eltern ist der Umgang mit Alkohol, Zigaretten und nicht zuletzt härteren Drogen.

Wie man reagieren soll, wenn das Kind das erste Mal einen Rausch hat, ob man tolerant oder streng sein sollte, Alkohol zu Hause erlauben oder tabuisieren und Zigaretten komplett verbieten sollte, ist den meisten Eltern nicht klar.

Dabei gilt auch hier sich selbst an die Jugendzeit zu erinnern und einen offenen Dialog zu dem eigenen Kind zu führen.

Zigaretten

Fast jeder Jugendliche kommt früher oder später mit Zigaretten in Berührung.

Fast immer beginnt das Rauchen durch eine Gruppenzugehörigkeit. Für viele gilt rauchen als Symbol des Erwachsenseins und der Lässigkeit, wer cool ist, raucht eben, in vielen Cliquen ist das durchaus gängig.

Wer ein- oder zweimal an einer Zigarette zieht, wird nicht gleich abhängig, regelmäßiges Rauchen, kann allerdings besonders problematisch sein, wenn sich der Jugendliche noch in der Wachstumsphase befindet.

Wer früh regelmäßig raucht, läuft auch später Gefahr routinierter Raucher zu werden. Jugendliche die allerdings bis zum 16.-17. Lebensjahr Nichtraucher sind, haben auch eine gute Chance im Erwachsenenalter Nichtraucher zu bleiben.

Alkohol

Da Alkohol gesellschaftlich akzeptiert ist, ist es fast unumgänglich, dass Ihr Kind irgendwann damit in Berührung kommt, vor allem dann, wenn zu Hause Alkohol konsumiert wird.

Dieser Entwicklung ist kaum etwas entgegenzusetzen und bei kleinen Mengen ist das auch unbedenklich, regelmäßiger und übermäßiger Alkoholkonsum ist dagegen nicht nur generell ungesund, sondern auch entwicklungsschädigend.

Diverse härtere Drogen

Bei Drogenkonsum denken viele an einschlägige Gruppen, Clubs oder irgendeine düstere Szene, dabei hat eine kürzlich veröffentlichte Studie in Hamburg ergeben, dass jeder 5. Schüler irgendwann einmal Erfahrung mit Drogen gemacht hat, unabhängig von der sozialen Herkunft und den Schulmodell.

Drogen und Drogen sind nicht das Gleiche, aber in der Ausprobierphase der Jugendlichen drängt Neugier, Gruppenzwang aber auch zu hoher Schulstress und Erwartungsdruck zum Konsum.

Tipps für Eltern

Vorbildfunktion

Wird Alkohol in der Familie konsumiert, sollte dieser Konsum verantwortungsbewusst vorgelebt werden und damit das Kind ermutigt werden, das Gleiche zu tun. Ähnlich bei Rauchern.

Es sollte darauf verzichtet werden im Haus zu rauchen und auch von dem eigenen Kind nicht akzeptiert werden.

Keine Gespenster sehen

Sie sollten sich bewusst machen, dass Erfahrungen mit Alkohol und Zigaretten zur Jugend dazugehören. Lassen Sie Ihrem Kind Freiräume und engen Sie es nicht zu sehr mit Kontrolle und bohrenden Fragen ein.

Seien Sie transparent und erlauben Sie ihm auch mal ein Glas Sekt gemeinsam zu trinken, wenn beispielsweise die Oma Geburtstag hat. Kommt es dann tatsächlich einmal zum Vollrausch, schenken Sie dieser Situation nicht zu viel Beachtung, weder sollten Sie jetzt schimpfen und stundenlange Vorträge halten, noch diese Situation als Ritual des Erwachsenseins zelebrieren. Suchen Sie das Gespräch und zeigen Sie Interesse.

Bei übermäßigen Konsum oder der Einnahme von Drogen, sollten Sie allerdings schnellstmöglich eingreifen und sich im schlimmsten Fall auch Hilfe suchen.

Freundschaften und neue Kontakte

Die beste Freundin, der beste Freund und dann die Cliquen und Gruppenbildung. Das starke Gefühl der Freundschaft und der Gruppenzugehörigkeit ist den meisten Eltern meistens unverständlich.

Stundenlanges telefonieren mit der Freundin, obwohl man sich den ganzen Tag in der Schule gesehen hat, den ganzen Nachmittag mit den Kumpels im Park abhängen, ohne etwas zu tun oder auf ausgedehnte Shoppingtouren zu gehen, ist das nicht Zeitverschwendung? Sollten die Kinder nicht lieber lernen?

Neue Freundschaften, neue Möglichkeiten

Nein, um Zeitverschwendung handelt es sich dabei sicherlich nicht, denn das Sozialgefüge durch Freunde, Bekannte und Klassenkameraden spielt eine wichtige Rolle, damit die Jugendlichen ihr soziales Verhalten ausprobieren und somit entwickeln können.

Zunächst einmal geht es bei jüngeren Kindern eher um Einzelfreundschaften, auf die sie sich fokussieren, der 2. Grundpfeiler ihres Soziallebens wird dann später der Gruppenanschluss. Dabei geht es bei den Einzelfreundschaften eher darum sich über Probleme und Sorgen mitzuteilen und eine Hilfestellung und Unterstützung durch eine tiefe Freundschaft zu bekommen.

Bei der Gruppe geht es hingegen eher um Zugehörigkeit und Vertrauen. Oftmals wird der Gruppe ein starkes Loyalitätsgefühl entgegen gebracht und ein eigenes soziales Gefüge kreiert, das seinen eigenen Regeln folgt. Diese Regeln können, mit denen der Erwachsenenwelt nicht verglichen werden. Sie dienen dazu Grenzerfahrungen auszutesten, ohne dass es größere oder schwerwiegende Folgen hat.

Verhaltensweisen wie solidarisch und einfühlsam zu sein, zu ärgern und gemein zu sein und jemanden zu bestrafen oder bestraft zu werden, werden in der Gruppe ausprobiert und somit die eigene Einstellung und der Umgang in Bezug auf andere Menschen gelernt. Dieser Prozess ist sehr wichtig, da wir soziale Wesen sind und unsere gesamter Alltag durch das Miteinander bestimmt ist, sei es im Job, in der Uni oder im Freundeskreis.

Freunde, die Eltern nicht für ihr Kind wollen

Nicht selten kommt es vor, dass der neue Freund, die neue Freundin oder die neue Clique den Eltern ein Dorn im Auge ist. Sie fürchten den schlechten Einfluss auf ihre Kind und fragen sich oft, was ihr Kind mit dieser Person oder Personen will.

Dabei spielt häufig der Aspekt der Unterschiedlichkeit eine große Rolle. Kinder und Jugendliche sind oft fasziniert von Leuten und Gruppen, die unterschiedlich zu ihren eigenen Gewohnheiten sind. Andere sozio-kulturelle Hintergründe, andere Interessen, eine andere Art zu leben.

Freundschaften zu führen ist auch immer die Suche zu sich selbst und dem, was man für sich selbst möchte und was man ablehnt. Eltern können das meistens nicht verstehen und versuchen die Kinder von dem vermeintlichen Freund wegzuziehen, dabei ist die Gruppe oder die Freundschaft in den meisten Fällen keine Gefahr für das Kind, sondern das ganze Gegenteil.

Die Jugendlichen fühlen sich verstanden und sicher in der Gruppe und werden durch das starke Loyalitätsgefühl beschützt und nicht allein gelassen.

Tipps für Eltern

Überprüfen Sie Ihre Vorurteile

Sie mögen die Freunde Ihres Kindes nicht? Dann sollten Sie sich zuerst fragen, aus welchem Grund Sie dieses Gefühl haben, bevor Sie handeln.

Oftmals sind diese Gefühle nämlich unbegründet und haben gar keine konkrete Ursache.

Eine andere Ursprung für dieses Missfallen können auch Vorurteile sein, die Sie unterbewusst zu dieser Abwehrreaktion bringen. Eine andere soziale Klasse, eine andere Kultur, es kann viele Gründe geben, weshalb Sie so reagieren könnten.

Beurteilen Sie den vermeintlichen Freund nicht nach diesen Aspekten, sondern nach seinem Handeln, wohlmöglich eröffnet sich auch Ihnen eine neue und spannende Seite des vermeintlichen Freundes.

Kritisieren Sie die Handlung nicht die Person

Wenn Sie einen Freunde Ihres Kindes nicht mögen, sollten Sie nicht ihn mit typischen Sätzen wie: "Er oder sie ist kein guter Umgang für dich!" oder "Er oder sie ist schon etwas komisch!" kritisieren.

Sollten Sie mit den Handlungen des Freundes nicht einverstanden sein, dann dürfen Sie das auch ganz klar äußern. "Ich finde es nicht gut, dass er oder sie so viele Schimpfworte benutzt." oder "Ich finde es nicht gut, dass er oder sie raucht."

Konkrete Sorgen werden anders wahrgenommen und sind leichter nachzuvollziehen als ein unkonkretes Unwohlsein mit dem neuen Freund.

Keine abfälligen Bemerkungen

Freundschaften sind intensiv und scheinen für immer zu halten, aber wie auch so viele andere Dinge in der Pubertät flüchtig sind, können auch Freundschaften auf einmal auseinander brechen.

Auch wenn Sie den vermeintlichen Freund nicht mochten, verzichten Sie auf: "Siehst du, ich hab es dir doch gesagt." oder "Ich habe es doch gleich gewusst." Abfällige Bemerkungen geben Ihrem Kind nur noch ein schlechteres Gefühl, als das es ohnehin schon hat und vermeintliche Belehrungen können eher dazu führen, dass sich ihr Kind von Ihnen mit seinen Problemen distanziert.

Zeigen Sie Interesse

Ist Ihnen der neue Freund oder die neue Freundin nicht ganz recht, versuchen Sie sich nicht mit Belehrungen und Verboten durchzusetzen, sondern zeigen Sie Interesse und geben der neuen Bekanntschaft eine Chance.

Laden Sie ihn oder sie doch mal zum Abendessen ein oder dazu gern Zeit mit Ihrem Kind zu Hause verbringen zu können, um beispielsweise einen Filmabend zu machen.

Auf diese Weise geben Sie dem Freund oder der Freundin nicht nur eine Chance sich von der guten Seite zu zeigen, sondern Sie haben auch die beiden Jugendlichen etwas mehr im Auge.

Denken Sie dennoch daran ihnen genug Freiraum zu lassen.

Wann eingegriffen werden sollte

Prinzipiell gilt, dass Sie Ihrem Kind genug persönlichen Freiraum geben sollten, um sich auszuprobieren und verschiedene Freundschaften zu knüpfen, auch wenn Ihnen das nicht immer 100% passt.

Gibt es allerdings Anzeichen darauf, dass der neue Freund oder der neue Freundeskreis Ihrem Kind nachhaltig schadet, sollten Sie eingreifen.

Beispielsweise bei übermäßigen Konsum von Alkohol, bei Drogenkonsum oder Gewalt sollten Sie sich mit der Situation auseinandersetzen.

Gehen Sie dennoch feinfühlig vor und suchen Sie das Gespräch, ohne Ihrem Kind Vorwürfe zu machen oder einen Streit zu beginnen. Kommt es zu diesen extremen Verhaltensveränderungen steckt meistens viel mehr dahinter als nur der falsche Freundeskreis.

Regeln und Grenzen

Antiautoritäre Erziehung oder strenge Regeln? Darüber gehen die Meinungen stark auseinander, allerdings ist aus verschiedenen Studien hervorgegangen, dass Kinder nicht nur Regeln brauchen, sondern sich diese auch wünschen.

Dabei hat eine Umfrage ergeben, dass sich 70% der Jugendlichen zwischen 8-18 Jahren Struktur in ihrem Elternhaus wünschen und von Ihren Eltern eine Vorbildfunktion erwarten. Sie brauchen Orientierung als Kinder und vor allem als Jugendliche, denn auch, wenn sie oft unabhängig und erwachsen sein wollen, orientieren sie sich stark an den Eltern.

Dazu kommt, dass es sich bei der Familie um einen lebenden Organismus handelt, der Rahmenbedingungen benötigt, um richtig funktionieren zu können. Kinder leben meistens im Hier und Jetzt und müssen erst die Planungsfähigkeit erlernen. Nur durch klare Regeln und Grenzen kann auch Improvisation erlernt und geübt werden.

Stellen Sie aus diesem Grund klare und nachvollziehbare Regeln auf, die das Familienleben im Großen und Ganzen regelt. Dazu sollten Verbindlichkeiten zählen wie feste Zeiten, zu denen Ihr Kind vor allem unter der Woche zu Hause sein sollte, sowie verschiedene Verpflichtungen, denen Ihr Kind nachkommen muss. Von einem zu streng und zu geplanten Ablauf sollten Sie allerdings genauso absehen, wie blinde Verbote zu erteilen, ohne diese Ihrem Kind zu erklären.

Das bedeutet natürlich nicht, dass Sie über jede Entscheidung diskutieren sollten, aber Kinder wachsen heran und wollen nachvollziehen, weshalb etwas so oder anders entschieden wird, auch wenn die Entscheidung nicht zu ihren Gunsten ausfällt.

Persönlichkeit und Selbstwertgefühl

In der Pubertät bildet sich die Persönlichkeit Ihres Kindes neu. Dinge werden hinterfragt, Meinungen werden gebildet, dass diese später revidiert oder verändert werden können, liegt in der Natur der Sache.

Auch das Selbstwertgefühl muss sich erst entwickeln und ist in der Pubertät meistens von Unsicherheiten angeknackst. Aus diesem Grund ist es sehr wichtig, dass Sie Ihre Kinder positiv bestärken und sich nicht zu sehr auf die negativen Aspekte konzentrieren.

Halten Sie sich immer vor Augen, dass Jugendliche Lob brauchen. Werden Sie nur kritisiert, verlieren sie ihr Selbstbewusstsein und werden sich selbst nichts mehr zutrauen.

Die Reaktion der Eltern in dieser Zeit auf Erfolg und Misserfolg prägt das Kind oftmals nachhaltig bis ins Erwachsenenalter. Hat Ihr Kind Sie bei sportlichen Aktivitäten "enttäuscht", ist es durchaus möglich, dass Ihr Kind nicht nur im Jugendalter keinen Sport mehr machen wird, sondern auch im Erwachsenenalter eine Abneigung dagegen entwickelt, ohne wirklich zu wissen weshalb.

Erkennen Sie die Leistungen Ihres Kindes an, denn Erfolg führt zu Erfolg, da Ihr Kind selbstbewusster und mutiger durch das Leben gehen wird. Dabei ist es sehr wichtig, dass das Lob ernst gemeint ist und der jeweiligen Situation angepasst wird.

Viele Eltern beachten diesen Aspekt nicht und überhäufen Ihr Kind mit der immer gleichen Phrase "Hast du toll gemacht!". Das kommt bei dem Jugendlichen allerdings eher wie Desinteresse an und ist fast noch schlimmer als gar keine Anerkennung zu zeigen. Messen Sie Ihre Anerkennung also jeweils mit dem richtigen Maß und der jeweiligen Situation entsprechend, ihr Kind wird sich so geschätzt und gesehen fühlen.

Außerdem wurde gezeigt, dass versprochene Belohnungen zur Leistungsmotivation eher kontraproduktiv wirken. Kinder, denen etwas in Aussicht gestellt wird, strengen sich dann nur genug an, um ihr Ziel zu erreichen, ihre Handlung ist also berechnend. Gibt es keine Belohnung fällt die Motivation weg und es wird sich nicht mehr anstrengen oder die Aufgabe wird erst gar nicht verrichtet. Kinder, denen allerdings keine Belohnung versprochen wurde, führen ihre Aufgaben gewissenhafter und besser aus.

Wirkungsvoll kommunizieren während der Pubertät

Oftmals werden Streits und Unstimmigkeiten zwischen Eltern und Kindern durch fehlende oder falsche Kommunikation ausgelöst. Deswegen sollten Sie als Eltern darauf achten, richtig zu kommunizieren, um nicht verletzend oder von oben herab zu wirken.

Fühlt sich der Jugendliche angegriffen oder in die Enge gedrängt, reagiert er meistens über, weil er durch fehlendes Selbstbewusstsein und fehlende Erfahrung noch nicht gelernt hat mit der Situation richtig umzugehen. Mit einer guten Kommunikation können Sie dieser Reaktion allerdings entgegenwirken.

Ich-Botschaften

Gibt es eine Konfliktsituation oder sind Sie über etwas nicht erfreut, sollten Sie anstatt des direkten Angriffs auf Ich-Botschaften setzen.

Sprechen Sie darüber, wie Sie die Situation empfinden und warum es Sie in diesem Moment enttäuscht, wütend oder traurig macht. Auf diese Weise ist es für Ihr Kind einfacher nachzuvollziehen, wie Sie sich fühlen und es selbst fühlt sich nicht gleich angegriffen.

Nicht persönlich nehmen

Auch wenn doch einmal etwas stärkere Worte fallen oder Ihr Kind etwas lauter wird, nehmen Sie es nicht zu persönlich und seien Sie folglich auch nicht zulange nachtragend.

Gerade wenn Jugendliche anfangen zu schreien, zeugt das meistens von Unsicherheit und dem Nicht-Wissen, was zu tun ist oder wie mit dieser Situation umgegangen werden soll. Oder anders gesagt: Ihr Kind weiß nicht mehr weiter.

Oftmals werden Kinder wütender, wenn die Eltern ruhig bleiben und sich nicht in Ihre Angriffe reinziehen lassen.

Sie sollten die Auseinandersetzung also nicht als eine persönliche Attacke empfinden, sondern eher als eine verärgerte Reaktion auf die eigene Situation und Unsicherheit. Nach kurzer Zeit wird sich Ihre Tochter oder Ihr Sohn auch wieder beruhigen.

Ruhe bewahren

Genauso wie Sie vermeintliche Angriffe nicht allzu persönlich nehmen sollten, sollten Sie nicht so impulsiv reagieren wir Ihr Kind.

Auch wenn es schwer fällt, sollten Sie Ruhe bewahren und das in Ihrer Sprache auch widerspiegeln. Laut zu werden oder gar rumzuschreien oder zum Gegenangriff zu blasen bringt Sie nur an den Punkt, an dem Ihr Kind Sie haben möchte.

Können Sie es gar nicht aushalten, vertagen Sie die Diskussion auf später und erklären Sie, dass Sie jetzt nicht darüber sprechen können, weil Sie zu aufgebracht sind.

Zuhören

Wichtig ist, egal worum sich das Thema dreht, Ihr Kind aussprechen zu lassen und gut zuzuhören.

Unterbrechen Sie Ihr Kind oder fallen Sie häufig ins Wort, ist das nicht nur respektlos, sondern kann schnell der Anfang eines lauteren Streits sein.

Egal worum es geht und wie sehr sie das Thema betrifft, zwingen Sie sich aufmerksam zuzuhören, um dann mit fundierten Argumenten an dem Gespräch teilnehmen zu können.

5 Konflikt-Situationen bei pubertierenden Jungen und wie man damit umgehen kann

Situation 1 - Einsilbigkeit

Tim ist 15 Jahre alt. Wenn es um seine Pläne am Wochenende oder am Nachmittag geht steht er seinen Eltern eher einsilbig gegenüber.

Wollen die dann wissen, wohin er geht, antwortet er nur mit: "zu Freunden", wollen die Eltern mehr über die mysteriösen Freunde wissen, sagt er nur: "Kennst du eh nicht!". Tims Eltern sind beunruhigt, sie wollen mehr über die Freizeitbeschäftigung ihres Sohns wissen. Tim weiß das und ist genervt.

Tims Mutter versucht die Konversation aufrechtzuerhalten und ihrem Unmut Ausdruck zu verleihen. Sie fragt nach den Hausaufgaben, nach seinen Verpflichtungen und erinnert Tim daran, dass er 18 Uhr wieder daheim sein muss.

Tim ist mittlerweile total entnervt und rollt mit den Augen. Er bringt nur noch ein kurzes "Ja, ja" und "Kann ich jetzt gehen?" heraus und verschwindet schon bald dich die Tür. Seine Eltern bleiben mal wieder mit einem unguten Gefühl zurück und wissen nicht recht, wie sie sich hätten besser in dieser Situation verhalten können.

Lösungsvorschlag Situation 1

Dieses Verhalten legen wohl die meisten Jugendlichen an den Tag.

Sie wollen für sich selbst Entscheidungen treffen und nicht jeden Schritt mit ihren Eltern wie "kleine Kinder" absprechen müssen. Sie haben einen großen Drang nach Autonomie und Selbstbestimmung und wollen nicht jeden Schritt mit den Eltern absprechen.

Ebenso ist es durchaus normal, dass die knappen Sätze bei zu genauem Nachfragen in Trotz umschlagen und das Kind auf Konfrontationskurs geht. Sätze wie: "Du interessierst dich ja eh nicht dafür/für mich." drückt Selbstmitleid aus, womit das Kind versucht den Eltern so ein schlechtes Gewissen zu machen.

Prinzipiell sollten Sie Geduld und Ausdauer haben und eine Sensibilität für den Moment entwickeln. Wenn Sie generell Regeln und Rahmenbedingungen festlegen, sollte auch über Zeiten gesprochen werden und wann der Jugendliche das Haus verlassen darf und wann nicht, zum Beispiel erst nach gemachten Hausaufgaben. Sind diese Regeln beiden Seiten klar, ist es nicht nötig das Kind jedes Mal, bevor es das Haus verlässt, daran zu erinnern. Erst wenn es sich nicht an die Abmachungen hält, können Sie die Privilegien verkürzen oder Regeln neu verhandeln.

Nutzen Sie auch Momente nebenbei um mehr über die Nachmittagspläne Ihres Kindes zu erfahren und nicht erst eine Konfliktsituation hervorzurufen, wenn Ihr Sohn oder Ihre Tochter gerade gehen will. Beim gemeinsamen Frühstück oder Abendessen kann man beiläufig nachfragen, was denn so am nächsten Tag ansteht.

Situation 2 - Suchtmittel

Stefan ist 16 und bisher immer ganz vernünftig gewesen.

Gelegentlich geht er aus und trinkt ein Bier, was für die Eltern absolut in Ordnung ist, aber an einem Samstag war er bei seinen Kumpels und hat auch härteren Alkohol getrunken.

Er kommt volltrunken nach Hause und muss sich sogar übergeben. Seine Eltern wissen nicht, wie sie in dieser Situation reagieren sollen.

Lösungsvorschlag Situation 2

Zunächst einmal sollte Ihnen klar sein, dass ein Vollrausch keinen Alkoholiker macht.

Jugendliche testen ihre Grenzen in jeglichen Aspekten aus und das bedeutet eben auch mit Alkohol. Machen Sie kein Drama daraus, wenn Ihr Kind das erste Mal betrunken nach Hause kommt. Es ist ihm sicherlich unangenehm genug, so vor den Eltern zu stehen.

Lassen Sie ihn oder sie erstmal ausnüchtern und sprechen Sie den nächsten Tag in Ruhe darüber.

Vermeiden Sie allerdings auch dann Vorwürfe zu machen, sondern sprechen Sie generell über die Situation.

Appellieren Sie an den Verstand des Jugendlichen und machen Sie ihm klar, dass Alkohol ein Genussmittel ist und mit Verantwortung konsumiert werden sollte. Mit der Freiheit kommen Pflichten, die sie noch einmal bestärken können.

Bleiben Sie ruhig und seien Sie selbstbewusst, wenn Sie einen verantwortungsvollen Umgang vorleben, wird auch ihr Kind den richtigen Umgang finden.

Situation 3 - Das eigene Zimmer

Ben ist 15 und schließt sich seit einigen Tagen in seinem Zimmer ein, wenn er zu Hause ist.

Seine Eltern verbieten ihm das, aber Ben fühlt sich in seiner Privatsphäre eingeschränkt.

Wie sollte mit dieser Situation umgegangen werden?

Lösungsvorschlag Situation 3

Aus Sicherheitsgründen sollten sich Kinder nicht in ihren Zimmer einschließen, das sollten Sie Ihrem Kind klarmachen.

Allerdings sollten Sie das Recht auf Privatsphäre ernst nehmen und nicht übergehen.

Halten Sie sich demnach daran immer anzuklopfen und nicht einfach so ins Zimmer zu stürmen und sehen Sie davon ab, das Zimmer zu durchsuchen oder zu putzen. Auch das ist die Eigenverantwortung des Jugendlichen.

Sobald ein Partner ins Spiel kommt, löst sich das Chaosproblem sicherlich von ganz allein.

Haben Sie irgendwelche schwerwiegenden Bedenken, dann fragen Sie nach und suchen Sie das Gespräch mit Ihrem Kind, Schnüffelei ist ein absolutes Tabu.

Situation 4 - Ausgehen

Karl ist 16 Jahre alt und möchte mit seinen Freunden am Wochenende ausgehen.

Dabei kommt die ewige Diskussion auf, wann er denn wieder zu Hause sein muss.

Seine Eltern sagen 22.00 Uhr, Karl findet das aber unfair, weil seine Freunde länger wegbleiben dürfen.

Was tun?

Lösungsvorschlag Situation 4

Zunächst einmal ist Karl unter 18 Jahre alt, das bedeutet, dass der Jugendschutz greift und Kinder zwischen 16-18 Jahren ohnehin nur bis Mitternacht allein draußenbleiben dürfen.

Zwischen 14-16 Jahren dürfen Jugendliche ohne Aufsicht nur bis 22 Uhr raus und unter 14 sogar nur bis 20 Uhr. Der Besuch von Kneipen, Bars und Discos ohne Aufsicht von Erwachsenen ist dabei nur Jugendlichen von 16-18 Jahren vorbehalten.

Handelt es sich aber um Veranstaltungen, die von Erwachsenen überwacht werden wie Schuldiscos etc. oder private Partys, können diese Vorgaben etwas gelockert werden. Karl dürfte also bis Mitternacht draußen bleiben, sofern das für die Eltern in Ordnung ist.

Als Erziehungsberechtigter sollten Sie sichergehen, dass Ihr Kind eine sichere Möglichkeit hat wieder nach Hause zu kommen oder Sie sie oder ihn zu einer festen Zeit abholen. Sie müssen auch nicht vor der Disco parken, räumen Sie Ihrem Kind durchaus ein auch zwei Straßen weiter weg zu parken.

Seien Sie flexibel. Wenn Sie Ihrem Kind vertrauen und es keinen ersichtlichen Grund gibt es nicht ein wenig länger weggehen zu lassen, dann geben Sie in der Verhandlung auch mal nach und lassen sie ihm oder ihr auch einmal einen kleinen Sieg. Das stärkt das Selbstbewusstsein und der Jugendliche fühlt sich und seine Bedürfnisse respektiert und ernst genommen.

Situation 5 - Die erste Beziehung

Torben ist 14 und hat seit kurzem eine feste Freundin.

Torben erzählt nicht besonders viel über sie.

Seine Eltern freuen sich für ihn, wissen aber irgendwie nicht richtig, wie sie mit der Situation umgehen sollen.

Lösungsvorschlag Situation 5

Die erste Liebesbeziehung ist etwas ganz Besonderes.

Ihr Kind macht eine neue zwischenmenschliche Erfahrung, mit der es gar nicht so richtig umzugehen weiß.

Das Beste ist ihn ernst zu nehmen und ihn wie einen Erwachsenen zu behandeln. Sie würden Ihre Freunde schließlich auch nicht unnötig aufziehen oder eigenartige Frage stellen.

Geben Sie ihm oder ihr das Gefühl, dass Sie ernsthaft interessiert sind, ohne aufdringlich zu wirken. Sprechen Sie beispielsweise beim gemeinsamen Abendessen auch über sich selbst und fragen ganz locker nach.

Wenn Ihr Kind etwas mehr erzählen möchte, dann wird es das tun, bohren Sie aber auf keinen Fall zu sehr nach.

Hält sich die Beziehung eine Weile stabil, laden Sie den neuen Partner doch mal zum Essen ein oder bieten Sie an, dass er oder sie auch dem geplanten Familienausflug beiwohnen kann.

Kommt der neue Freund oder die neue Freundin dann doch mal mit nach Hause, dann sehen Sie davon ab ihn oder sie zu verhören, sondern führen sie ein normales Gespräch, in dem sie auch über sich selbst sprechen.

10 goldene Regeln für eine entspannte Pubertät

Es folgen 10 Regeln, die während den Pubertätsphasen viel bewirken können und Gold wert sind.

1 - Man erntet, was man sät

Auch wenn sich Jugendliche teilweise scheinbar zu Monstern transformieren, halten sie dennoch an den Werten, die sie in ihrer Erziehung genossen haben, fest.

Zwar gibt es auch äußere Einflussfaktoren, aber die Jugendlichen leben in der Pubertät vor allem das aus, was sie von zu Hause kennen. Haben Sie Ihr Kind zu einer verantwortungsbewussten und offenen Person erzogen, wird es das auch, trotz kleiner Stimmungsschwankungen, während der pubertären Phase, bleiben.

2 - Wichtige Werte vorleben

Gerade in der Pubertät ist es wichtig, dass Sie Ihre Werte weiterhin vorleben und sich durch einen zickigen Jugendlichen nicht davon abbringen lassen. Dazu gehört beispielsweise Toleranz, Zuneigung zu zeigen oder egal was passiert immer für den Nachwuchs konditionslos da zu sein.

3 - Kinder sind kein Projekt

Egal ob es sich um den Oberarzt im besten Krankenhaus der Stadt, einen erfolgreicher Anwalt oder einen reichen Börsenbroker handelt, Eltern haben meistens für ihre Kinder schon klare Ideen über deren Zukunft. Kommt dann die Pubertät und die Noten brechen ein, sehen viele Eltern ihre Felle davonschwimmen, der Traum vom erfolgreichen Kind scheint scheinbar ausgeträumt.

Letztendlich sind nicht nur Sie frustriert, sondern setzen vor allem Ihr Kind unter enormen Druck, da es Ihrer hohen Erwartungshaltung kaum Stand halten kann und irgendwann wahrscheinlich ausbricht.

Halten Sie sich vor Augen, dass ein Kind kein Projekt ist. Es geht seinen eigenen Weg und wird den Beruf wählen, den es für interessant und erstrebenswert befindet.

Unterstützen Sie Ihr Kind auf der Suche nach seinem eigenen Weg und drängen Sie ihm nicht eigene Wünsche oder Ziele auf.

4 - Kontakt halten

Auch wenn sich Kinder während der Pubertät abnabeln und der Zugang zu ihnen zunehmend schwieriger ist, sollten Sie versuchen mit Ihrem Kind in Kontakt zu bleiben.

Manchmal ist das nicht so einfach, aber es ist wichtig zu wissen, was in seinem Leben passiert und was ihn vielleicht belastet.

Führen Sie lockere Gespräche zu den Mahlzeiten, zeigen Sie ernstes Interesse und machen Sie regelmäßig etwas zusammen, einen Ausflug oder einen Familiennachmittag, wichtig ist Zeit miteinander zu verbringen.

5 - Akzeptanz: Rückzug aus der Familie

In der Natur der Pubertät liegt die Loslösung von den Eltern und das Streben nach der Autonomie als junger Erwachsener. Akzeptieren Sie, dass sich Ihr Kind zurückzieht und jetzt Zeit für sich selbst, neue Freunde und Hobbys braucht.

6 - Rituale zum Erwachsenwerden finden

Für Jugendliche ist es wichtig, dass auch ihr Umfeld sie als junge Erwachsene wahrnimmt und nicht mehr als Kinder.

Finden Sie gemeinsame Rituale, die diese Entwicklung widerspiegeln. Das kann ein monatlicher Kosmetikbesuch sein oder ein Spiel der Heimmannschaft im Stadion zu sehen. Dadurch integrieren Sie Ihr Kind in der Welt der Erwachsenen und verbringen gleichzeitig noch Zeit miteinander.

7 - Irren ist menschlich

Fehler gehören zum Leben dazu und lassen uns wachsen.

Leben Sie einen gesunden Umgang mit Fehlern vor und ermutigen Sie Ihr Kind sich auszuprobieren und keine Angst vor Fehlschlägen zu haben. Wenn es sieht, dass auch Sie sich irren und danach wieder aufstehen, wird es ermutigt das Gleiche zu tun und entwickelt so keine lähmende Angst vor eventuellem Scheitern.

8 - Ihre eigene Beziehung

Die pubertäre Phase der Kinder kann für die Eltern eine enorme Herausforderung darstellen.

Anstatt sich ständig nur über den Sprössling auszutauschen und sich Gedanken zu machen oder gar zu streiten, sollten Sie sich auf Ihre eigene Partnerschaft konzentrieren und diese nicht zu sehr vernachlässigen.

Die neu gewonnene Freiheit ist ein Geschenk. Sie müssen nicht mehr den ganzen Tag auf Ihr Kind aufpassen, da es jetzt relativ selbstständig ist und auch mal allein zu Hause bleiben kann, nutzen Sie diese Zeit aus.

9 - Stärken stärken

Jugendliche haben ein unglaublich angeschlagenes Selbstbewusstsein in der Pubertät und stellen alles und vor allem sich selbst infrage.

Unterstützen Sie Ihr Kind positiv, indem Sie sich immer auf seine Stärken konzentrieren. Auf diese Weise wird es selbstbewusster und traut sich mehr zu, so kann es auch mal konstruktive Kritik aushalten.

10 - Nicht nachtragend sein

Schreiben Sie sich nicht alles auf, was manchmal aus dem pubertierenden Mund kommt.

Überreaktionen und verbale Offensiven sind völlig normal und zeugen von Unsicherheit und Selbstzweifel. Nehmen Sie das als solche auch hin und überbewerten Sie diese Reaktionen nicht. Spätestens bei einer Entschuldigung sollten diese Vorfälle vergessen werden.

Tipps für einen entspannten Umgang mit der Pubertät

1 - Übertragung von mehr Verantwortung im Familienleben

Mit den Rechten kommen die Pflichten und das auch umgekehrt.

Nur haben wollen, ohne etwas dafür zu tun, das funktioniert in der Erwachsenenwelt leider auch nicht. Das sollte auch Ihr Kind verstehen, da es jetzt auch als Erwachsener wahrgenommen werden möchte.

Legen Sie klare Verpflichtungen fest, um die sich Ihr Kind immer kümmern muss. Das kann das tägliche Müllraustragen sein oder den Geschirrspüler auszuräumen.

Wichtig ist, dass Sie eine Routine zusammen festlegen, um Ihr Kind auch nicht immer daran erinnern zu müssen. Sind die Aufgaben erledigt hat es Freizeit, die es so geschalten kann, wie es möchte.

2 - Verantwortung in der Gesellschaft übernehmen

Nicht nur Verantwortung für sich selbst zu übernehmen spielt eine wichtige Rolle, sondern auch für das gesellschaftliche Umfeld, in dem wir alle leben.

Hier gilt es als Eltern Vorbildfunktion zu übernehmen und auch ein Fehlverhalten des Jugendlichen geduldig zu korrigieren.

Auch Gemeinnützige Aktivitäten sind eine gute Art sich zu engagieren und so Verantwortung in der Gesellschaft zu übernehmen.

3 - Festes Taschengeld

Es ist wichtig, dass Kinder und Jugendliche über Ihr eigenes Geld verfügen, nicht nur um den Umgang mit Geld zu erlernen, sondern um sich Dinge ohne des Wissens der Eltern kaufen zu können.

Vielleicht handelt es sich um eine bestimmte Zeitschrift oder ein Buch, was den Jugendlichen vor den Eltern unangenehm sein könnt. Das Taschengeld ermöglicht ihnen Privatsphäre.

Legen Sie einen festen Zahltag fest und koppeln Sie das Taschengeld auch an bestimmte Verpflichtungen. Bei mehr Verantwortung kann das Taschengeld durchaus neu verhandelt werden.

4 - Regelerfassung im Ampelmodell

Das Ampelmodell eignet sich hervorragend, um die Wichtigkeit bestimmter Regeln im Familienverband festzulegen.

Dabei sind alle roten Regeln unverrückbare Normen, die keine Verhandlungen zulassen. Das kann ein gemeinsames Essen pro Tag sein oder die Zeit, wenn der Jugendliche unter der Schulwoche zu Hause sein muss.

Gelbe Regeln sind generell feste Regeln, die aber in bestimmten Situationen wie Ferienzeiten oder besonderer Fleiß gelockert werden können und grüne Regeln sind flexibel und anpassungsfähig.

So kreieren Sie absolut nachvollziehbare Rahmenbedingungen für den Jugendlichen und damit eine Richtlinie an der er oder sie sich orientieren kann.

5 - Keine Gespräche aufdrängen

Bohrende Fragen, unangenehme Situationen, peinliches Schweigen.

Tun Sie sich selbst einen Gefallen und bringen Sie sich auch selbst nicht in diese Lage, da Sie so sicher nicht weiter kommen.

Tiefgründige Gespräche finden meist nebenbei statt, wenn sich der Jugendliche wohl und entspannt fühlt.

Gemeinsame Essen sind zum Beispiel ein guter Moment für lockere Gespräche, verzichten Sie in jedem Fall auf die Kreuzverhör-Methode.

6 - Keine lautstarke Kommunikation

Schreien und rufen gehören zwar öfter zur Kommunikation Jugendlicher, aber sie selbst mögen es eher nicht, wenn die Mutter nach ihnen ruft, weil es Mittagessen gibt.

Verzichten Sie deswegen auf lautstarke Kommunikation, klopfen Sie an die Tür und geben Bescheid, wenn beispielsweise das Essen auf dem Tisch steht. Die generelle Kommunikation wird sich so beruhigen.

7- Das Mittagessen als Frühstück

Jugendliche befinden sich in einer körperlichen Entwicklung, die Energie kostet und Schlaf benötigt.

Am Wochenende sollte es also auch einmal ok sein, wenn das Kind erst zum Mittagessen aufsteht. Liegt nichts Besonderes an, gestehen Sie ihm durchaus ein auch mal lang zu schlafen.

8 - Ein Essen gehört der Familie

Um nicht den Anschluss zu verlieren und feste Rituale zu haben, sollte ein Essen pro Tag der Familie gehören.

Das kann in der Woche das Abendessen sein und am Wochenende das Mittagessen.

Der Sonntagsbraten sollte also nicht im Kinderzimmer gegessen werden, da es wichtig ist sich über Neuigkeiten auszutauschen und die gemeinsame Planung für die Woche abzustimmen.

Während der gemeinsamen Mahlzeit sollte auch auf Handys verzichtet werden.

9 - Verständnis für schlechte Noten

Der Noteneinbruch kommt früher oder später fast sicher.

Stellen Sie sich darauf ein und zeigen Sie Verständnis. Leisten Sie Hilfestellung und verweisen Sie auch auf ältere Geschwister oder Freunde, die helfen könnten. Das Kind weiß selbst wie wichtig die Schule ist und fängt sich irgendwann in den meisten Fällen auch schnell wieder. Bleiben Sie in Kontakt mit Ihrem Kind, aber setzen Sie es nicht zu sehr unter Druck.

10 - Keine Internetfilter

Was bei Kindern sicherlich sinnvoll ist, ist bei Jugendlichen vergebene Liebesmüh.

Zwar können Sie auch Filter in Handy und PC installieren, diese decken aber sicherlich nicht alles ab und können auch einfach von den Jugendlichen deaktiviert werden. Wenn Sie grobe Gewalt oder Pornografie fürchten, ist es besser mit offenen Gesprächen vorzubeugen.

7 hilfreiche Verhaltenstipps für Eltern

1 - Gespräche über Liebe, Leben und Tod

Essentielle Themen gehören zur Pubertät dazu.

Nicht nur die erste Liebe, sondern auch die ersten Begegnungen mit dem Tod fallen meistens in diese Zeit hinein.

Offene und ehrliche Gespräche helfen den Jugendlichen mit der Situation besser klar zu kommen, Emotionen zu verarbeiten und sich nicht allein zu fühlen.

2 - Auch in unmöglichen Situationen zuhören

Verrückte Argumentationen, das gleiche Thema wieder und wieder oder angespannte Diskussionen, die am Nervenkleid der Eltern zehren.

Egal wie absurd oder unmöglich die Situation ist, lassen Sie Ihr Kind aussprechen und hören Sie zu bevor Sie antworten. Geben Sie Ihrem Kind das Gefühl, dass Sie es ernst nehmen.

3 - Faire Regeln verhandeln und konsequent umsetzen

Regeln gehören zur Familienorganisation dazu.

Sprechen Sie über Regeln und verhandeln diese gemeinsam. Einmal festgesetzte Regeln sollten auch konsequent umgesetzt werden, bis sie neu verhandelt werden.

4 - Stellen Sie sich Konfliktsituationen

Auch wenn es manchmal aussichtslos erscheint, müssen Sie sich den Konfliktsituation stellen und Ihre Position zu zugeschlagenen Türen und schmollenden Teenies durchaus klar machen.

Selbst den Kopf in den Sand zu stecken, löst die Situation nicht auf. Stellen Sie sich jeder Situation und lösen Sie diese gemeinsam.

5 - Die Privatsphäre Ihres Kindes

Ihr Kind hat wie ein Erwachsener ein Recht auf Privatsphäre.

Dazu gehört das eigene Zimmer, die Freizeit frei zu gestalten und nicht alles den Eltern erzählen oder zeigen zu müssen.

6 - Keine Schnüffelei

Privatsphäre einzuräumen, bedeutet auch, dass nicht geschnüffelt wird, wenn das Kind in der Schule ist, schläft o.ä..

Im Zimmer nach etwas zu suchen, im Handy Nachrichten zu lesen oder Fotos anzuschauen, ist übergriffig und kann das Vertrauensverhältnis schnell kaputt machen.

Haben Sie ernste Bedenken, dann äußern Sie diese offen vor Ihrem Kind, von Schnüffelei sollten Sie unbedingt absehen.

7 - Einfach mal chillen (lassen)

Ein Schultag kann ebenso lang sein wie ein Arbeitstag.

Mit vielen Verpflichtungen und Freizeitaktivitäten sind viele Kinder und Jugendliche absolut ausgelastet.

Wenn sie dann doch mal Zeit für sich haben, wollen sie dann auch mal nichts machen.

Versuchen Sie nicht jede Minute Ihres Kindes auszufüllen, sondern lassen Sie ihm oder ihr auch mal Freiraum, um das zu tun, was sie oder er möchte und das darf auch mal nichts sein.

Gespräche, die man während der Pubertät führen sollte

Wie Sie bereits wissen, sollten Sie davon absehen Gespräche aufzudrängen oder Ihr Kind zu einer Unterhaltung zu zwingen. Entwickeln Sie ein Gespür dafür, wenn es ein guter Moment ist mal einfach zu "quatschen". Wenn ihr Kind entspannt ist und sich nicht ständig fühlt, als würden Sie es verhören wollen, dann öffnet es sich von ganz allein, vertraut Ihnen und lässt Sie an seinem Leben teilhaben. Es gibt sicherlich viele Themen, die in diesem Alter neu sind und Neugier hervorrufen, meistens geht es dabei sicherlich um Liebe, Sex, der Sinn des Lebens und den Tod. Je nachdem welche Erfahrungen der Jugendliche selbst macht, nimmt er diese Themen auf die eine oder andere Weise wahr.

Seien Sie offen für Fragen und Ideen, kommen Sie Ihnen auch noch so absurd vor. Die Selbstfindung spielt auch in der Sexualität eine große Rolle. Vertreten Sie eine offene und tolerante Position, denn es ist absolut normal sich selbst auszuprobieren, das kann auch mal mit dem gleichen Geschlecht sein. Je gelassener und verständnisvoller Sie auf diese Gespräche reagieren, desto größer wird das Vertrauen, das Ihr Kind Ihnen entgegenbringt. Gerade wenn es um Verhütung, Genussmittel wie Alkohol und Zigaretten, aber auch die Verarbeitung von starken Gefühlen geht, sollten Sie Ihrem Kind Hilfestellung leisten.

Vergessen Sie dabei jedoch nicht, dass es sich um Ihr Kind handelt und nicht um einen Freund. Ihre Probleme in der Partnerschaft oder gar in der Sexualität sollten nicht Bestand einer Unterhaltung sein.

Zum Schluss

Die Pubertät ist eine komplexe und teils anstrengende Zeit sowohl für die jungen Heranwachsenden als auch für die Eltern. Sie ist durchzogen mit Veränderungen mit neuen Erfahrungen und Erlebnissen. Das Kind wird zum Erwachsenen, ein neuer Lebensabschnitt beginnt für beide Seiten.

Auch wenn es nicht immer einfach sein wird und loslassen manchmal schwer fällt, sollten Sie diesem neuen Abschnitt positiv begegnen. Ihr Kind entwickelt Träume, Wünsche und definiert Lebensziele, bei denen Sie es unterstützen sollten. Eine spannende Zeit steht vor Ihnen, in der Sie die Entwicklung und neuen Erfahrungen Ihres Sohnes oder Ihrer Tochter miterleben dürfen.

Erinnern Sie sich selbst an Ihre Jugend zurück und an all die verrückten Sachen, die Sie selbst gemacht haben, all die neuen Eindrücke, aber auch Sorgen und Ängste. Bringen Sie vor allem Verständnis auf, nehmen Sie die Bedürfnisse Ihres Kindes ernst und begleiten Sie es auf der Reise zum Erwachsenen.

Drücken Sie auch mal ein Auge zu und sehen Sie die Dinge nicht zu eng, lassen Sie Ihr Kind auch mal machen und seinen eigenen Weg gehen.

Mit Verständnis, Offenheit und Toleranz werden Sie gemeinsam mit Ihrem Kind diese ganz speziellen Jahre hervorragend meistern!

Viel Glück und Geduld dabei!

Printed in Germany
by Amazon Distribution
GmbH, Leipzig

23360260R00059